¿Qué se oye aquí?

Lada Josefa Kratky

NATIONAL GEOGRAPHIC LEARNING | CENGAGE Learning

Hay mucho que ver en la avenida. También hay mucho que oír.

"¡Kiwis, manzanas! A un peso el kilo". Es lo que dice un vendedor.

"¡Kiii-ya!" se oye por allí. Son
alumnos de karate.

"Tiqui tiqui tiqui" dice el semáforo.
Así indica que se puede caminar.

"Chiqui chiqui cha". Son las tijeras de don Roque al dar un corte de pelo. Corta un poquito por aquí, otro poquito por allí.

Y al lado se oye "rrrrnnn rrrnnn". Es la máquina que le da un corte de pelo al perrito pequeñito.

—Mmm —se oye donde venden quesos. —¡Este queso es muy bueno, gracias! Deme un kilo de este queso —dice una señora.

¡Qué rico!

—Y deme un kilo de este otro queso —pide otro señor—. ¡Qué rico!

paf

"Paf … paf" se oye en el parque.
Es la raqueta al darle a la pelota.
¡Sí que hay mucho que ver y que
oír en la avenida!